INSTITUT IMPÉRIAL DE FRANCE.

ACADÉMIE DES BEAUX-ARTS.

RAPPORT

SUR L'OUVRAGE

DE M. LE COMTE DE LABORDE

MEMBRE DE L'INSTITUT,

INTITULÉ :

DE L'UNION DES ARTS ET DE L'INDUSTRIE,

ADRESSÉ A LL. EE. LES MINISTRES D'ÉTAT ET DE LA MAISON DE L'EMPEREUR,
DE L'INSTRUCTION PUBLIQUE ET DES CULTES,
DE L'AGRICULTURE, DU COMMERCE ET DES TRAVAUX PUBLICS.

PARIS,
TYPOGRAPHIE DE FIRMIN DIDOT FRÈRES, FILS ET Cie,
IMPRIMEURS DE L'INSTITUT IMPÉRIAL, RUE JACOB, 56.
1858.

RAPPORT

SUR L'OUVRAGE

DE M. LE COMTE DE LABORDE

MEMBRE DE L'INSTITUT,

INTITULÉ :

DE L'UNION DES ARTS ET DE L'INDUSTRIE,

ADRESSÉ A LL. EE. MM. LES MINISTRES D'ÉTAT ET DE LA MAISON DE L'EMPEREUR,
DE L'INSTRUCTION PUBLIQUE ET DES CULTES,
DE L'AGRICULTURE, DU COMMERCE ET DES TRAVAUX PUBLICS (1).

M. le ministre d'État et de la maison de l'empereur, M. le ministre de l'instruction publique et des cultes, et M. le ministre des travaux publics, ont fait à l'Académie des Beaux-

(1) La Commission chargée par l'Académie d'examiner l'ouvrage de M. le comte de Laborde et de préparer le travail, était composée de MM. Robert-Fleury, Alaux, Petitot, Hittorff, Duban, Gatteaux, Ambroise Thomas, comte de Nieuwerkerke et F. Halévy, secrétaire perpétuel, *Rapporteur.*

Arts l'honneur de lui demander une appréciation de l'important travail qu'a publié notre savant confrère M. le comte Léon de Laborde, comme rapporteur du trentième jury de l'Exposition universelle de Londres en 1851, jury dont la fonction était de juger les beaux-arts et les nombreux produits de tout genre, classés sous cette dénomination : *Application des Arts à l'Industrie.*

L'Académie a pensé que son travail serait plus complet si les observations dont l'ouvrage de M. de Laborde pourrait être l'objet se trouvaient réunies en un seul rapport, dans lequel seraient traitées les différentes questions que LL. EE. ont spécialement indiquées à l'examen de l'Académie; c'est ce rapport qu'elle a l'honneur d'adresser à MM. les ministres qui ont bien voulu la consulter.

Avant d'entrer dans une discussion où nous aurons quelquefois le regret de nous séparer de M. de Laborde, nous nous empressons de reconnaître le zèle qu'il a apporté à l'accomplissement de ce travail. C'est plus qu'un rapport, c'est un livre plein de faits, d'appréciations ingénieuses sur l'industrie du monde entier.

Cet ouvrage a paru sous deux formes différentes : d'abord, comme *Rapport* faisant partie de la collection des *Travaux de la commission française sur l'Industrie des nations* (1); puis, en dehors de cette collection, et avec un titre spécial qui en fait parfaitement comprendre l'esprit et l'intention : *de l'Union des Arts et de l'Industrie.* Sous cette forme, avec ce

---

(1) Le Rapport de M. de Laborde forme le huitième volume de cette collection, publiée par ordre de l'Empereur et par les soins de M. le ministre des travaux publics.

titre, l'ouvrage est divisé en deux volumes. Le premier, intitulé : *le Passé*, retrace les différentes transformations de l'art jusqu'à nos jours; le deuxième volume, intitulé : *l'Avenir*, fait connaître les vues de l'auteur sur les destinées futures de l'art.

Les ministres que nous avons nommés se sont placés à des points de vue différents, en demandant l'avis de l'Académie, et cela devait être. M. le ministre d'État appelle notre attention sur la partie de l'ouvrage dans laquelle l'auteur, « s'oc-« cupant de la question de l'enseignement des arts, propose « diverses mesures pour résoudre le problème de l'union des « arts et de l'industrie, en relevant l'une sans abaisser les « autres. »

M. le ministre de l'instruction publique et des cultes, par une lettre adressée à M. le ministre d'État, et transmise à l'Académie, « provoque l'examen des vues générales déve-« loppées dans l'ouvrage de M. de Laborde. La discussion « qui s'ouvrirait à ce sujet à l'Académie des Beaux-Arts, veut « bien dire S. E., me semblerait de nature à éclairer des « questions pleines d'intérêt; mon département pourrait y « puiser de précieuses lumières. »

M. le ministre des travaux publics, par la nature de ses attributions, devait se préoccuper plus particulièrement de la question principale traitée par M. de Laborde, véritable fond du livre présenté à notre examen, objet constant de la pensée de l'auteur : *l'Union des Arts et de l'Industrie.* L'Académie croit devoir rappeler ici les passages les plus importants de la lettre de M. le ministre des travaux publics.

« Vous aurez pu remarquer, dit S. E., que M. le comte de « Laborde ne se borne pas à apprécier la partie artistique

« de l'Exposition de Londres. Envisageant la question de plus « haut, il s'attache à rechercher le rôle que l'art lui paraît appelé « à jouer dans les sociétés modernes. Il s'attache notamment « à démontrer que l'art doit cesser d'être une jouissance pu- « rement aristocratique, qu'il doit, au contraire, se répandre « et se vulgariser; mais qu'il a besoin, dans ce but, de s'as- « socier à l'industrie et de se prêter à des applications qui lui « donnent un caractère d'utilité pratique et le rendent peu à « peu accessible à l'intelligence de tous.

« Cette thèse, que M. le comte de Laborde a développée « d'ailleurs avec toute l'autorité de son talent, devait fixer « l'attention de mon département. Aussi j'attacherais du prix « à ce que l'Académie des Beaux-Arts, étudiant l'ouvrage dont « il s'agit, spécialement au point de vue qui vient d'être in- « diqué, consignât le résultat de son étude dans un rapport « que je vous serais obligé de m'adresser. »

Les paroles de M. le ministre des travaux publics nous semblent résumer fidèlement la tendance générale du travail de M. de Laborde, et reproduisent avec vérité l'impression que laisse ce travail dans l'esprit du lecteur. C'est du moins cette impression qu'a reçue l'Académie. Elle a dû se demander alors si l'art avait réellement « besoin de s'associer à l'industrie pour devenir accessible à l'intelligence de tous; » si ce système, si cette doctrine de la « vulgarisation de l'art, se prêtant à des applications qui lui donnent un caractère d'utilité pratique, » n'était pas opposé aux plus nobles qualités de l'art, contraire à son essence, à sa véritable mission; et enfin, si c'était sous l'influence de ces idées qu'il fallait chercher à répandre dans toutes les classes de la société le goût et l'amour des beaux-arts.

L'Académie croit devoir repousser cette doctrine. Si elle ne disputait pas d'abord le terrain sur lequel elle est appelée, la cause qu'elle a mission de sauvegarder serait bientôt perdue. M. de Laborde aime l'art de tout son cœur, l'apprécie de tout son esprit, l'entoure de tout son respect. Ses voyages, ses écrits, en ont donné de nombreux témoignages. Le livre même dans lequel nous trouvons des opinions que nous devons combattre, est rempli de ces témoignages. Mais la séduction de son esprit brillant s'est exercée sur son esprit même; dans son enthousiasme et dans sa foi, fermant les yeux au danger, il ne voit de salut, pour protéger l'industrie, pour sauver les arts menacés, que dans la « vulgarisation de l'art, » recevant un caractère général « d'utilité pratique. » Nous ne pensons pas, à cet égard, comme M. de Laborde; ce n'est pas dans cette doctrine que se trouverait la solution du « problème de l'union des arts et de l'industrie, en relevant l'une sans abaisser les autres. »

A notre avis, cette extrême diffusion, cette « vulgarisation », amènerait un résultat inévitable, infaillible : l'absorption de l'art par l'industrie. Attaché à l'industrie, suivant les besoins du moment, soumis aux caprices de la mode, « se prêtant à « des applications qui lui donneraient un caractère d'utilité « pratique, » l'art cesserait bientôt d'être. Il périrait, étouffé dans cette étreinte. Non, l'art n'est pas ce Dieu robuste offert aujourd'hui à notre adoration; la forme n'est pas l'objet de son culte suprême : ce n'est pas l'air brûlant de l'usine qu'il lui faut respirer, et le bazar n'est pas son temple; il lui faut le calme, le silence, l'air pur de la solitude; l'art, c'est la poésie, créatrice, inspirée, noble, touchante, gracieuse. Et

M. de Laborde le sait, il est artiste, il est poëte jusque dans ses généreuses illusions.

L'art, ainsi étendu, perdrait en puissance ce qu'il gagnerait en superficie. Appliquer sans cesse l'art aux habitudes vulgaires de la vie, ce n'est pas pratiquer le culte de l'art, c'est en avoir, pour ainsi dire, la superstition. Admettons, comme le désire et le conseille M. de Laborde, que « tout le monde » soit artiste, que « les artistes se fassent industriels, que les industriels se fassent artistes; » recevons comme un fait accompli cette fusion, cette confusion des arts et de l'industrie : comment échapper au désordre, produit de tant d'éducations incomplètes, de tant d'aptitudes diverses, intelligentes à différents degrés? Au milieu du mouvement rapide qui nous entraîne, dans le temps d'indépendance où nous vivons, quel élève voudrait reconnaître un maître? On n'est que trop enclin à sacrifier l'art à des préoccupations matérielles, à le réduire à de mesquines proportions; pourquoi encourager encore cette tendance? Est-il bien vrai, bien prouvé, que les arts et l'industrie brilleront d'une splendeur plus vive parce que « tout le monde saura dessiner » (plus ou moins bien, car on ne peut espérer d'arriver à un degré général de perfection), « faire des portraits de famille, dessiner des sites pittoresques en voyage, etc., » ou « modeler une figurine avec quelque adresse (1)? » Est-il bien avéré que cette culture banale d'un petit art de société, qu'un enseignement fondé sur d'aussi frêles bases, relève et épure le goût? M. de Laborde ne craint-il pas que de ces petits talents ne surgissent de grandes vanités, de ces passe-temps agréables, d'incroya-

(1) Pag. 489, 490, 491, etc., du Rapport.

bles prétentions, et qu'à côté de quelques amateurs hors ligne, véritables privilégiés de la nature, comme il nous serait facile d'en citer, on ne compte une multitude gênante de faux connaisseurs?

Il y a une égalité redoutable, celle de la médiocrité, et nous croyons que certaines doctrines de M. de Laborde, quel que soit son amour sincère pour l'art, pourraient bien y conduire. On compterait peut-être un plus grand nombre d'écoles, il n'y aurait plus d'école. Beaucoup de chefs, pas de guide; beaucoup de croyances, pas de foi. Il faut des maîtres, de grands maîtres : c'est par eux que l'amour et le sentiment du beau pénètrent dans les cœurs, que la gloire d'une époque d'art se témoigne, qu'elle s'inscrit dans l'histoire. A eux de montrer la route, de l'éclairer de leur génie, d'encourager les faibles, de leur donner la foi; à eux enfin de diriger la foule, que la grandeur véritable entraîne et subjugue toujours. Quand Périclès voulait charmer et instruire les Athéniens, il demandait une statue à Phidias, c'est ainsi qu'il rendait l'art « accessible à l'intelligence de tous, » et M. de Laborde, qui est un grand esprit, ferait comme Périclès. Voyons les choses comme elles sont, et le monde comme Dieu nous le prête. Les grands exemples, les grands enseignements viennent de haut, parce qu'ils viennent de Dieu. « L'art est entré de nos jours partout, » dit ailleurs M. de Laborde (1), « mais ce n'est plus l'art inspiré d'en haut, c'est un « petit art qui passe par une fausse porte; » eh bien! unissons nos efforts, et ouvrons de nouveau la vraie porte au grand art.

---

(1) Pag. 486.

Loin de nous la pensée qu'un industriel ne puisse devenir un grand artiste. « Ghiberti, » dit M. de Laborde (1), « était « un bronzier, Benvenuto Cellini un orfévre, Bernard Palissy « un potier. » Il ne s'ensuit pas cependant que tous les bronziers eussent pu être des Ghiberti, tous les orfévres des Benvenuto, tous les potiers des Bernard Palissy, et nous ne croyons pas qu'on puisse jamais prétendre arriver à cette diffusion universelle du génie. Il n'y a pas de soin, d'éducation qui puisse parvenir à faire une « nation d'artistes, » pas plus qu'une nation de poëtes.

M. de Laborde regrette le régime des corporations, qu'il trouve plus favorable à la production des ouvrages d'art, parce qu'elles réalisaient, par l'organisation qui leur était propre, le mélange des arts et des métiers. Il rappelle les querelles qui s'élevèrent, lors de la création des Académies, entre les anciennes corporations et les nouvelles compagnies, les intrigues, les cabales de tout genre qui ont signalé cette transition. Mais plus les corporations cherchaient à maintenir leurs antiques priviléges, plus les Académies devaient se montrer ardentes à défendre les droits qu'on venait de leur conférer, au nom de la dignité bien entendue des artistes, étrangers désormais à toute transaction commerciale. L'esprit des nouvelles institutions élevait une barrière entre les travaux de l'artiste et les préoccupations inséparables des professions industrielles. De quel côté étaient la justice, les convenances? Le temps a tranché la question, liée d'ailleurs à des questions d'un autre ordre. Mais aujourd'hui, à quoi

---

(1) Pag. 418.

s'opposent les Académies? Est-ce que la plus entière liberté ne préside pas à l'exercice des arts? Il faut passer de nombreux examens pour recevoir le titre d'avocat, de médecin, et cela est justice. « Tout le monde » ne peut-il pas prendre la qualité d'architecte et bâtir des maisons? « tout le monde » ne peut-il enseigner les arts sans examen, sans diplôme? Ne voyons-nous pas journellement des jeunes gens, exclus de nos écoles après d'infructueuses études, donner des leçons qu'ils auraient grand besoin de recevoir? Un père hésite, il ne sait s'il doit donner à son fils la profession de tailleur ou de bottier : il se décide enfin, et lui donne le métier de peintre ou de musicien; car, pour lui, l'art n'est qu'un métier. Cette extrême facilité n'a-t-elle pas de graves inconvénients pour ceux mêmes qui en font usage? Ne crée-t-elle pas une classe nombreuse, une classe spéciale de malheureux, que l'État aura à soutenir, sinon à encourager? Ne produit-elle pas plus de faux artistes que de vrais? Ce n'est pas que les vrais artistes soient ambitieux de qualifications nouvelles; un peintre en bâtiments est un peintre, et Raphaël est un peintre. Le ménétrier de village est un musicien, Cimarosa et Mozart sont des musiciens. Mais Raphaël est un artiste, Cimarosa et Mozart sont des artistes. La seule qualification que demande l'artiste est celle d'artiste. Il est bon d'ailleurs qu'il ait le juste et simple orgueil de son art, de sa valeur personnelle, d'une considération achetée au prix de longues études, de grands travaux, et presque toujours au prix de vives souffrances, plus douloureuses encore parce qu'il doit les cacher. Zeuxis, à l'apogée de sa gloire, ne vendait plus ses tableaux, il les donnait, prétendant que personne n'était assez riche pour les payer. C'est un fier exemple; la fortune modeste des artistes modernes a empêché qu'il ne devînt contagieux.

Nous aurions encore d'autres observations à présenter. M. de Laborde, il est vrai, a prévu toutes les objections, et y a répondu d'avance ; mais ses réponses, nous devons le dire aussi, ne nous ont pas toujours convaincus. Cependant nous ne pousserons pas plus loin cette discussion, et maintenant que nous avons résisté, trop longuement peut-être, à quelques-unes des idées de notre savant confrère, maintenant que nous avons combattu la pensée favorite de son livre, que M. le Ministre des travaux publics en a si clairement extraite et qu'il a nettement exprimée, nous nous hâterons de dire à M. le Ministre des travaux publics que si l'Académie ne partage pas l'opinion de M. de Laborde sur les principes généraux qui doivent présider aux destinées de l'art, et doute de l'efficacité de plusieurs des moyens qu'il indique, elle est d'accord avec lui sur le but qu'il faut atteindre.

L'Académie ne veut pas qu'on se méprenne sur ses intentions. Elle honore l'industrie, qui honore le pays, contribue à sa gloire et en fait la richesse. Elle fera tous ses efforts pour en seconder les progrès, et serait heureuse et fière d'y concourir. L'Académie désire vivement, comme M. le Ministre des travaux publics, comme M. de Laborde, que la France conserve sa place dans l'industrie du monde, que tous ses produits portent l'empreinte de l'élégance et du bon goût ; que la forme, la couleur, les détails d'ornementation aient toujours la grâce, le charme, la délicatesse qui séduisent. Nous applaudissons à des vœux qui sont les nôtres. L'Académie en avait devancé l'expression, elle n'avait pas attendu le signal qu'elle reçoit aujourd'hui. Dès l'année 1854, elle avait donné pour sujet du concours institué par feu M. Bordin, concours qu'elle jugea pour la première fois en 1856 : « De « l'influence des arts du dessin sur l'industrie. » Plusieurs des dix-neuf Mémoires adressés à cette occasion à l'Académie furent remarqués, et le travail de M. Achille Hermant, architecte, ancien élève de l'École impériale des Beaux-Arts, qui a obtenu le prix, contient de bonnes appréciations et d'utiles indications.

L'Académie recherche donc l'alliance des arts et de l'industrie, mais l'alliance libre, c'est-à-dire l'action vivante, active de l'art sur l'industrie.

Elle pense, avec M. de Laborde, que l'on atteindrait plus rapidement le but désiré en créant dans plusieurs grands centres industriels de nouvelles écoles professionnelles où l'on étudierait, comme au Conservatoire des arts et métiers de Paris, comme aux Écoles d'arts et métiers d'Aix, de Châlons, d'Angers, toutes les applications que l'industrie peut recevoir du dessin et de l'art du modeleur. L'Académie recommande à l'attention de M. le Ministre des travaux publics le choix des modèles de dessin et d'ornementation. Quelle que soit l'habileté du maître, quelque précieux que soient ses conseils, c'est surtout par l'observation attentive du modèle que se forment à la fois le goût, le discernement, la main de l'élève. Le choix et l'exécution des dessins et des moulages destinés aux études sont donc d'une haute importance.

Si l'Académie pense qu'il peut être utile d'augmenter le nombre de ces Écoles, c'est à cause des bons résultats qu'elles donnent, de l'heureuse influence qu'elles exercent nécessairement. Tous les arts industriels de la France doivent y trouver l'enseignement supérieur indispensable à leurs productions si variées, et cet enseignement général des parties spéciales de l'art qui sont le lien des diverses industries, en se répandant, en se renouvelant sans cesse, doit maintenir, féconder, élever encore le goût de nos fabricants. Au reste, en exprimant ce vœu, elle le soumet à l'examen, à la sollicitude, aux lumières de M. le Ministre des travaux publics. Lui seul peut apprécier les circonstances qui devraient amener et favoriser la création d'écoles nouvelles.

Deux écoles, établies à Paris, et placées dans les attributions de M. le Ministre d'État, servent d'auxiliaires aux écoles spéciales que nous venons de nommer. Nous voulons parler de l'École impériale spéciale de dessin, de mathématiques, d'architecture et de sculpture d'ornements, pour l'application des beaux-arts à l'industrie (1), dont le

(1) Cette École, qui est gratuite, date de près d'un siècle. Fondée en 1767 par lettres patentes du roi Louis XV sur la demande des six corps de métiers, elle a pour but de former et d'éclairer le goût des jeunes gens qui se destinent aux branches de l'industrie se rattachant plus spécialement aux beaux-arts. Elle a, depuis sa création, exercé une heureuse et constante influence sur la fabrication élégante, *dite* de Paris; cependant les éléments des arts qui tiennent au dessin y sont enseignés de manière à favoriser toutes les vocations et à n'en fausser aucune.

Son personnel enseignant se compose d'un directeur, de neuf professeurs, de deux professeurs suppléants et de quatre répétiteurs. Un comité d'enseignement, présidé par le directeur et convoqué par lui, s'assemble tous les mois. L'enseignement comprend : 1° les *Mathématiques élémentaires :* arithmétique raisonnée, géométrie pratique et descriptive, dessin graphique, exercice du tracé, etc., etc.; 2° l'*Architecture :* coupe des pierres, du bois ; dessin géométral, épures, tracé des ombres, etc., etc.; 3° le dessin d'imitation : les quatre genres, figure, animaux, fleurs, ornement.

Sous la direction actuelle, il s'est ouvert à l'École une classe de sculpture directeur actuel est M. Belloc, et de l'École spéciale de dessin ouverte aux jeunes personnes qui se destinent aux professions industrielles, et confiée aux soins de Mademoiselle Rosa Bonheur (1). Ces deux écoles donnent aussi d'excellents résultats.

L'Académie connaît les efforts incessants, la sollicitude persévérante avec laquelle la ville de Paris s'applique à encourager et à répandre l'étude du dessin et du chant choral dans ses collèges municipaux et jusque dans ses plus humbles écoles. Dijon, Lyon, Lille, Valenciennes, Grenoble, Toulouse,

---

d'ornement, d'où est sortie une foule d'ornemanistes pour le bâtiment. On a pu apprécier récemment l'habileté de ces jeunes artistes dans les travaux du Louvre. Généralement les ornemanistes de tous genres ont, depuis vingt-cinq ans, passé d'abord par l'École.

La création d'une chaire de l'histoire et de la composition de l'ornement a suivi d'assez près l'ouverture de la classe de sculpture; les exemples sont dessinés par les professeurs sur le tableau (avec ombre et lumière) devant les élèves, qui les copient séance tenante.

Il y a eu successivement introduction de l'étude de la plante vivante, d'un cours d'anatomie, du dessin de mémoire, de la *pratique* de la perspective, du dessin d'après la bosse, et enfin, tout dernièrement (janvier 1858), de l'étude du modèle vivant.

Comme complément de cet ensemble, et pour répondre aux besoins croissants de la librairie *imagée*, le directeur, dans un rapport détaillé, a soumis tout récemment à M. le Ministre d'État la proposition d'ouvrir à l'École une classe spéciale pour l'enseignement du dessin et de la gravure sur bois.

L'École possède une grande collection de modèles de tous genres qui, dès l'origine, a été gravée pour elle seule.

Le nombre des inscriptions s'élève, en moyenne, de 800 à 1,000 par an. Les classes sont pleines en hiver, un peu moins suivies en été.

(1) On enseigne dans cette École tous les genres de dessin : la figure, l'ornement, le paysage, les animaux, les fleurs; il y a des concours annuels, des prix consistant en médailles d'argent, et un grand prix d'honneur donnant droit à un

Bordeaux, d'autres villes encore sont restées fidèles à de nobles traditions. Nous souhaitons que ces bons exemples portent leurs fruits. Nous espérons que la lumière des beaux-arts pénétrera un jour dans toutes les classes de la société. C'est un de nos vœux les plus chers. Nous pensons, avec M. de Laborde, que l'art ne doit pas être « une jouissance purement aristocratique. » Mais, avant de former d'un seul coup de trop nombreux élèves, instruisons ceux qui doivent enseigner. Regardons autour de nous, et cherchons avec soin les 37,000 professeurs de dessin, les 37,000 professeurs de chant que désire M. de Laborde pour cette grande diffusion de l'art dans les 37,000 communes de la France. L'art est une fleur délicate dont on ne peut confier la culture qu'à des mains exercées.

L'Académie saisit cette occasion d'exprimer le vœu qu'à l'avenir les professeurs qui devront être attachés aux écoles les plus importantes de nos grandes villes subissent un examen préalable et soient munis d'un diplôme délivré par un jury désigné à cet effet par M. le Ministre d'État, qui dirige les beaux-arts. Il serait équitable dès lors (et nous allons peut-être au-devant des intentions généreuses de M. le Ministre) que l'État, intervenant ainsi, améliorât le sort de ces professeurs, augmentât leur traitement, ou fournît une portion de la subvention donnée par les municipalités, sui-

---

diplôme. La distribution des prix est accompagnée de l'exposition publique des dessins du concours.

On a pensé qu'il était utile d'entrer dans ces détails, et de faire connaître l'organisation de ces Écoles et les études qui y sont suivies aux différentes Écoles disséminées en France, et dont les unes sont dans la main de l'État, tandis que d'autres sont municipales et sous la surveillance des autorités locales qui les subventionnent.

vant l'importance des cités et le mérite des professeurs. Ces mesures auraient certainement pour résultat d'encourager des hommes de talent à se fixer dans les départements; les études recevraient une force et une impulsion nouvelles, et nous demanderions encore à M. le Ministre d'État, comme complément de ces mesures, et dans l'intérêt d'une propagation plus active, de distribuer aux écoles, aux musées des villes qui auraient mérité cet encouragement par leur plus grande sollicitude pour la prospérité de l'art, quelques-unes des meilleures copies de tableaux et de sculptures exécutées annuellement à Rome par les pensionnaires de l'Académie.

Il est aussi dans les désirs de l'Académie que d'habiles artistes, initiés à l'exercice des diverses professions, et d'un goût éprouvé, dirigent les travaux d'art de la grande production industrielle. Percier, Fontaine, Louis David, ont donné cet exemple, et leurs dessins, quoique trop uniformément empreints du goût dominant de leur époque, sont toujours d'un goût élégant et correct.

Puisque nous avons nommé le grand peintre David, il nous est impossible de ne pas exprimer le regret de le voir traité, dans plusieurs pages du livre de M. de Laborde, avec une rigueur excessive, injuste, inflexible. Quoi! l'auteur des Horaces, de Brutus, de Bélisaire, de Socrate, des Sabines, du Sacre, de ce « merveilleux portrait de Pie VII, une des plus belles œuvres de notre École et de la peinture moderne, » dit M. Vitet (1), ne trouve pas grâce devant les yeux du sévère critique! Devons-nous rappeler ici qu'à cette époque, notre École dégénérée marchait à la décadence, à l'oubli,

---

(1) *Études sur les beaux-arts et sur la littérature,* tome I.

au néant? David n'a-t-il pas, le premier de son temps, osé étudier à la fois le Poussin et l'antique? N'a-t-il pas fondé une école vivace, puissante, d'où sont sortis des maîtres célèbres, dont il avait su reconnaître et développer les qualités diverses? Indiquer à chacun sa route, avoir des conseils, des encouragements pour tous les genres de talent, éclairer d'une lumière féconde, parce qu'elle est impartiale, de jeunes esprits qu'on guide sans les enchaîner, c'est là ce qui fait véritablement le grand maître et la force de son enseignement. Gérard, Girodet, Granet, Drölling, Isabey, Gros, que M. de Laborde admire à juste titre, d'autres encore, ne sont-ils pas sortis de l'atelier de David? Ces maîtres n'ont-ils pas formé des élèves qui se sont illustrés à leur tour? Pourquoi donc M. de Laborde dit-il que cette École, que cette doctrine a été « stérile (1)? »

Un grand établissement a existé, qui réalisait en grande partie l'action continue et féconde de l'art, secondant et vivifiant l'industrie. Nous voulons parler de la grande manufacture de meubles de toute espèce que Louis XIV et Colbert avaient installée aux Gobelins, sous la direction de Le Brun. M. de Laborde signale cet établissement dans l'*Appendice* qui termine son ouvrage, et dans lequel la fécondité de son imagination et la richesse de ses souvenirs ont semé avec profusion de nombreux projets au milieu desquels il n'est pas toujours facile de le suivre. La création d'une institution analogue rencontrerait aujourd'hui de grandes difficultés; mais on peut se représenter cependant quelques-uns des avantages qu'offrirait une sorte de manufacture générale

---

(1) Pag. 744.

s'exerçant dans la juste mesure du possible, et réunissant les industries diverses qui concourent à produire le mobilier nécessaire aux différents palais du souverain, à ceux des grands corps de l'État, aux riches habitations, aux grands établissements nationaux. L'architecte, le sculpteur, le peintre, appelés à fournir des modèles soumis à l'appréciation de juges compétents, trouveraient, pour les exécuter, des ouvriers habiles, instruits et bien dirigés; il résulterait de la réunion de ces éléments bien mis en œuvre d'utiles et beaux travaux d'ensemble. Le mouvement parti de haut se propagerait, et l'on devrait plus tard à cette manufacture-école, sorte d'Académie pratique d'où sortiraient à la fois le précepte et l'exemple, une heureuse émulation, de nouveaux perfectionnements dans diverses branches de l'industrie, et des modèles bien étudiés, d'un goût bien caractérisé. « Un gou-« vernement, dit M. de Laborde (1), peut et doit prendre « l'initiative. . . Donner l'impulsion au bon goût, au prix de grands sacrifices, facilement supportés par la caisse com-« mune, c'est de la sage et prévoyante administration. » Mais nous devons dire aussi que de bons esprits pensent qu'une institution de ce genre aurait à combattre de sérieux obstacles dans la pratique, parce qu'en beaucoup de circonstances, la liberté de l'artiste et celle de l'industriel se trouveraient enchaînées.

Des membres de l'Académie ont exprimé l'opinion qu'une exposition permanente des plus beaux produits de l'industrie française (nous voulons parler de l'industrie qui se rattache aux arts) serait utile aux progrès et aux intérêts des

(1) Pag. 432.

fabricants. Cette exposition aurait lieu à Paris, dans un des palais de l'État, sous la surveillance et d'après le choix d'un jury désigné par MM. les Ministres d'État, de l'intérieur et des travaux publics. Ce jury pourrait aussi, dans certaines circonstances, former une sorte de conseil appelé à délibérer sur les questions si importantes et si pleines d'intérêt de l'application des arts aux diverses branches de l'industrie. Des prix pourraient être décernés à des époques déterminées.

La France doit aujourd'hui se montrer attentive à ce qui se passe autour d'elle, et redoubler d'efforts pour conserver la place qu'elle occupe dans l'industrie des nations. L'Angleterre, éclairée par les deux expositions universelles de 1851 et de 1855, demande maintenant pour son industrie qui, jusqu'ici, ne visait qu'à l'utile, au *confortable*, le secours et le charme de l'art. Elle vient de fonder à Londres une École qui peut devenir redoutable, l'École normale de South-Kensington. On lira avec un grand intérêt, dans un excellent travail de M. Mérimée (1), quelles sont les ressources, les richesses, les études variées, quelle est l'organisation déjà puissante de cette École. Fondée d'abord par une association de particuliers, bientôt soutenue par le Parlement, qui lui a accordé l'année dernière une subvention de 16,000 livres sterling (400,000 fr.), l'École de Kensington est aujourd'hui en pleine prospérité. Nous avons la confiance que M. le Ministre

---

(1) *Les beaux-arts en Angleterre.* (Revue des Deux-Mondes, 15 octobre 1857.) Voyez aussi : *Science and art department of the committee of council on education, South-Kensington*, etc., et *Introductory address on the science and art department and the South-Kensington museum*, etc. ; Londres, Chapman and Hall.

d'État, dont la sollicitude éclairée nous est connue, voudra, par une plus grande extension, une impulsion plus vigoureuse encore donnée en France aux études de l'art, seconder les efforts de nos habiles industriels, et profiter de cette concurrence dont il faut tenir compte, pour leur offrir des moyens nouveaux de porter plus haut encore le goût, l'élégance, la variété de leurs produits intelligents.

M. de Laborde désire que l'enseignement des arts fasse partie de l'enseignement général, et nous nous unissons à lui dans l'expression de ce vœu que l'Académie serait heureuse de voir réalisé. Nous sommes certains d'obtenir la sympathie de M. le Ministre de l'instruction publique et des cultes, en lui demandant de faire la place un peu plus grande à l'étude du dessin et du chant choral. L'Académie demande que ces jeunes élèves, qui sont l'avenir de la France, soient initiés aux beautés de l'art, qu'ils connaissent les noms, les travaux des grands artistes de tous les pays, soit par les œuvres mêmes, soit par les reproductions que fournissent si abondamment, si facilement aujourd'hui la gravure, la lithographie, la photographie. Des visites dans nos musées tout remplis de chefs-d'œuvre, sous la conduite d'hommes intelligents, pourraient éveiller en eux le goût de l'art qu'on laisse sommeiller trop longtemps. Pour l'étude du dessin, nous recommandons aussi le choix attentif des modèles (1).

L'étude régulière du chant choral, dans les établissements

---

(1) Ces modèles, suivant l'avis de l'Académie, devraient consister en un trait légèrement ombré, sans estompe, d'après l'antique et d'après les grands maîtres. Le modèle primitif devra avoir été fait *exprès* pour la destination qu'il doit rece-

d'instruction publique, nous paraît mériter aussi un intérêt spécial. Les élèves acquerraient, dans ces exercices, le sentiment de l'harmonie, trop peu excité en France, si ce n'est dans quelques départements de l'est et du nord, et si généralement développé en Allemagne et en Belgique.

La musique, cela est vrai, ne peut s'appliquer à rien d'*utile,* dans le sens rigoureux de ce mot. Elle ne s'attache à aucune forme visible, et son domaine n'est pas de ce monde matériel, tangible, que les nécessités de la vie nous imposent, et qui nous enserre de toutes parts. C'est pourquoi on est quelquefois disposé à en regarder l'étude comme futile. Mais la musique touche en cela à ce qu'il y a de plus élevé dans l'expression des beaux-arts, à la poésie, qui les couronne tous. La musique est partout, et lorsqu'on en applique l'étude bien dirigée à ces grands effets d'ensemble, où les voix et les cœurs se réunissent dans l'expression d'un seul sentiment, d'un seul vœu, d'une seule pensée, elle rend plus grand l'éclat des fêtes, et plus brillante la splendeur des solennités. Lorsqu'elle s'exhale dans le temple, il semble qu'elle ait été donnée à l'homme pour que ses vœux franchissent librement les bornes du sanctuaire, et pour porter à Dieu les prières de la terre unies dans un rhythme harmonieux. C'est parce que nous sommes pénétrés des bons effets de l'étude de la mu-

---

voir, et par des dessinateurs habiles et exercés. Lorsqu'il aura été approuvé, il sera reproduit par la gravure en *fac-simile* sur acier. Les épreuves pourront ainsi être tirées en nombre illimité, à un prix modique. De cette façon l'enseignement du dessin serait le même dans toutes les écoles, et reposerait sur les meilleures bases. La lithographie pourrait aussi être admise pour la reproduction des modèles, mais seulement lorsque cette reproduction serait obtenue de même en *fac-simile,* par le report de l'original sur la pierre.

sique chorale que nous voudrions que cette étude parvînt à occuper une place dans nos habitudes générales d'éducation.

L'Orphéon de Paris, fondé par Wilhem, prospère et marche dans une bonne voie. Depuis quelques années, de nombreuses sociétés chorales, dues évidemment à l'installation, à l'organisation et aux progrès de l'Orphéon, se sont formées, par une libre inspiration, non-seulement à Paris, mais dans beaucoup de villes de France. Il est à désirer que ces réunions pleines d'intérêt, destinées surtout aux ouvriers laborieux qui ont le goût des plaisirs intelligents, se propagent et se multiplient. Dans le midi de la France, elles seconderaient un heureux instinct musical, et favoriseraient facilement le développement du vif sentiment mélodique répandu dans ces contrées comme en Italie. Le maître habile chargé aujourd'hui de l'enseignement de l'Orphéon de Paris (1) ne se borne pas à enseigner à ses nombreux élèves à lire la musique, il s'efforce de leur faire comprendre le sens, l'expression de la mélodie, et de donner à tous, dans l'exécution de l'ensemble, cette sorte de distinction dont M. de Laborde regrettait justement l'absence. Les efforts de cet enseignement n'ont pas été perdus, et de notables progrès ont été signalés. Le Conservatoire de musique de Paris a aussi, depuis quelques années, institué une classe de chant choral (2) fréquentée annuellement par plus de deux cents élèves adultes, étrangers aux autres leçons du Conservatoire, et que l'étude de la musique, qui n'est pour eux qu'un délassement, n'enlève

---

(1) M. Gounod.

(2) Tenue par M. Baptiste.

pas à leurs occupations habituelles. Les Conservatoires de musique de Toulouse, de Marseille, de Lille, de Metz, s'associent avec zèle aux travaux de celui de Paris.

Nous soumettons à l'appréciation attentive et éclairée de M. le Ministre de l'instruction publique et des cultes l'introduction réglementaire des études de l'art du dessin et du chant choral dans les établissements confiés à sa haute direction. Espérons que cette initiation figurera un jour, pour nous servir des heureuses expressions de M. le Ministre, parmi « les forces qu'il faut désormais consacrer à la bonne « pratique de notre enseignement national (1). »

Nous saisissons avec empressement l'occasion qui nous est offerte (et nous en remercions M. de Laborde et MM. les Ministres qui ont bien voulu consulter l'Académie) d'émettre nos vœux, de faire connaître nos désirs pour la plus grande prospérité de l'art en France, pour le meilleur enseignement. Déjà nous avions demandé à M. le Ministre d'État de fortifier encore les études de l'École impériale des beaux-arts, en donnant à ce bel et utile établissement le moyen d'agrandir et de compléter la galerie des plâtres moulés sur l'antique, et de la rendre égale à celle de Berlin, par exemple ; de créer, pour les expositions annuelles des concours et des travaux envoyés de l'Académie de France à Rome, des salles dont l'École est totalement dépourvue, et que l'École sollicitait aussi de la bienveillance du Ministre. Nous avons appris avec une vive reconnaissance

(1) Allocution de M. le Ministre de l'instruction publique et des cultes, prononcée lors de l'installation de l'École Normale supérieure, le samedi 3 novembre 1857.

que cet agrandissement est dans les vues du gouvernement de l'empereur, que M. le Ministre a fait l'acquisition des terrains qui doivent donner aux bâtiments de l'École l'extension nécessaire, que déjà les travaux sont commencés.

D'autres études, restées jusqu'à ce jour étrangères aux travaux des élèves, pourraient peut-être encore développer heureusement l'enseignement. Les élèves appelés à traiter des sujets tirés de l'Écriture sainte, des poëtes de l'antiquité, n'ont pas toujours pu recevoir, dans une première éducation souvent négligée, les connaissances nécessaires. Ne serait-ce pas combler une lacune fâcheuse, répondre à un des besoins de notre temps, que de créer pour ces jeunes gens une sorte de chaire de littérature, c'est-à-dire une classe, une conférence, qu'on rendrait obligatoire par des moyens disciplinaires, dans laquelle le professeur ferait des lectures des livres sacrés, d'Homère, de Virgile, lirait des fragments de nos poëtes, de nos écrivains, dirait aux jeunes artistes comment les maîtres ont su traiter, avec des génies différents, les grandes scènes que les poëtes et les historiens ont livrées à leurs inspirations, et leur ferait admirer ainsi l'intarissable richesse de l'art et la merveilleuse fécondité du génie de l'homme?

Là ne se bornent pas les vœux que nous présentons à la haute appréciation de M. le Ministre d'État; nous demanderons l'établissement d'une École de gravure en taille douce pour conserver la pratique de ce bel art, de cet art difficile, doublement menacé par la lithographie et par la photographie, et que la photographie, auxiliaire utile, ne remplacera jamais, parce qu'il y a dans l'exécution d'une gravure, dans le travail d'un burin intelligent et savant, un sentiment individuel, dont des procédés, quelque parfaits qu'ils soient, ne peuvent donner l'équivalent.

Nous demandons, d'accord avec les idées émises par M. de Laborde, que le gouvernement soutienne et encourage la gravure en pierre fine, que le gouvernement seul peut empêcher de périr et de disparaître.

Les bons graveurs de médailles ne manquent pas, mais nous regrettons que le gouvernement ait abandonné l'unité de direction des médailles.

On admire l'histoire métallique des règnes de Louis XIV, de Louis XV, de Louis XVI, de Napoléon Ier, qui se compose de médailles uniformes et conçues dans les mêmes idées. Mais sous Louis XVIII la confusion s'est introduite, on a agrandi peu à peu la dimension des médailles; les différents ministères, les administrations, les graveurs, ont demandé ou offert des compositions sans vue d'unité ou d'ensemble.

Autrefois, quand le gouvernement voulait une médaille commémorative, il en demandait la disposition et la légende à l'Académie des inscriptions et belles-lettres; le graveur l'exécutait en conservant sa liberté d'artiste. Aujourd'hui qu'il n'y a plus d'unité de direction, on fait beaucoup de médailles, on en fait de bonnes, mais on regrette qu'il n'y ait plus d'histoire métallique.

Nous croyons, comme M. de Laborde, que les expositions annuelles n'atteignent pas le but désirable. « L'inconvénient « de tous les modes d'exposition est, pour le jeune artiste, « dit M. de Laborde (1), d'exciter le désir naturel qui le pousse

---

(1) Pag. 949.

« à se produire avant sa maturité ; et pour les talents faits, « pour les talents supérieurs, de compromettre leur œuvre, « au milieu d'une foule d'œuvres disparates sous les yeux « du spectateur distrait. » Nous croyons que ces inconvénients, signalés avec tant de raison par M. de Laborde, s'appliquent surtout aux expositions annuelles; on pourrait ajouter à ces observations qu'il est difficile de distribuer, dans des expositions aussi rapprochées, les récompenses données par l'État. Nous pensons que des expositions biennales ou triennales suffiraient. Elles seraient probablement plus riches que les salons annuels, et l'on y verrait plus souvent ceux d'entre nos artistes qui pourraient apporter à nos expositions un notable contingent d'éclat et d'intérêt; tous les six ans l'exposition pourrait être universelle.

Nous savons que les professeurs de l'École des Beaux-Arts, dans le but d'élever le niveau de l'enseignement général, se sont, à plusieurs reprises, préoccupés de l'établissement d'une *École pratique de peinture et de sculpture*, destinée surtout, dans les idées de l'Académie, aux élèves qui auraient obtenu des succès dans les divers concours. Sans entrer dans l'examen approfondi de cette question, sans empiéter sur les droits de l'École, à qui appartient aussi l'étude des moyens pratiques, qui sont divers, d'établir cet enseignement, l'Académie pense qu'aujourd'hui l'examen de cette question serait du plus haut intérêt. A quelques exceptions près, qu'il faut d'autant plus s'empresser de signaler qu'elles sont plus rares, les ateliers se perdent, ou sont en dissolution. N'est-il pas bon, n'est-il pas opportun de reconstituer ces familles d'élèves dévoués, attachés à la fortune, à la gloire des maîtres, comme dans les beaux temps de l'Italie; comme en France au temps de Simon Vouet, dont l'école a produit Eustache Lesueur; comme l'ont fait plus tard Vien, David, Regnault, Vincent, Gros; comme le font aujourd'hui quelques peintres heureux des succès de leurs élèves? Ne pourrait-on tenter de renouer ces liens qui faisaient d'un atelier une seule âme, une seule pensée, une seule main, en demandant à un atelier quelque grand travail, exécuté par les disciples les plus capables de comprendre, de rendre la pensée du maître, sous ses yeux et sous sa direction?

Pour nous résumer, l'enseignement de l'art doit exister à quatre degrés, sous quatre faces différentes.

1° L'enseignement élémentaire ou primaire, reçu dans les écoles communales. L'Académie ne pense pas qu'on doive, comme M. de Laborde le propose, présenter le dessin comme une sorte d'écriture, ou même comme une étude disposant à une belle écriture. Il y a de très-habiles, de très-excellents dessinateurs, qui n'ont été que de très-mauvais calligraphes. Ne serait-ce pas, d'ailleurs, retourner au temps des hiéroglyphes? et ne s'exposerait-on pas à introduire dans l'esprit des enfants une confusion fâcheuse, en leur donnant lieu de penser qu'il n'y a pas de différence entre un beau dessin et une belle page d'écriture (1)?

2° L'enseignement dans les lycées, pour former le goût des

---

(1) Il y a de plus une distinction frappante, évidente, qu'il est nécessaire d'établir, et que M. de Laborde reconnaîtra avec nous. On peut mal écrire, il faut bien dessiner. Une mauvaise écriture est regrettable, fâcheuse, incommode; c'est un petit malheur commun à beaucoup d'honnêtes gens. Il y a des auteurs illisibles, qui ont été lus de tout le monde. Mais un mauvais dessin, un dessin incorrect est dangereux, il trompe, il nuit.

élèves, introduire dans les générations nouvelles le sentiment de l'art, exciter dans ces jeunes esprits, ardents et souples, l'amour du simple et du vrai, préparer à la France future un plus grand nombre d'hommes de goût, éclairés des lumières de l'art.

3° L'enseignement professionnel, destiné à la production industrielle, activée et fécondée par des expositions, afin que notre industrie, si intelligente, fasse son profit des progrès, des efforts, des fautes de tous.

Et enfin l'étude du grand art, vivant de sa propre vie, sans préoccupations vénales, sans arrière-pensée matérielle. C'est cet art que l'Académie est appelée à maintenir.

Oui, cela est vrai, il y a à Paris une Académie des Beaux-Arts, c'est-à-dire une réunion de quelques personnes dévouées, dont la mission est de lutter contre l'envahissement des idées de lucre, de gain, qui menacent la sincérité de l'art; de faire pour les arts ce que les universités font pour les lettres, c'est-à-dire conserver la tradition du beau, et transmettre l'héritage de l'antiquité, précieux à plus d'un titre : les études de l'antique sont les humanités de l'art, elles unissent tous les peuples civilisés dans une communauté d'origine, dans une universelle communion de nobles et purs sentiments; c'est là le principal devoir de l'Académie, sa raison d'être. Elle fait tous ses efforts pour accomplir ce devoir. En recommandant l'étude de l'antique et des grands maîtres, elle ne se borne pas à tracer une route banale, elle recommande aussi l'étude salutaire et véritablement inspiratrice des beautés si variées des œuvres de Dieu, des inépuisables merveilles de la création. Mais dépend-il d'elle de donner le génie qui comprend ces merveilles? Les écoles font des hommes instruits, diserts, élevés dans l'amour du beau. Tous les élèves de l'École de Droit ne sont pas des Cicérons; tous les élèves de l'École de Médecine ne sont pas des Hippocrates; tous les élèves sortis de l'Université ne deviennent pas de grands poëtes, de grands historiens, de grands orateurs; les souverains, les cités, ouvrent, fondent des écoles; Dieu seul donne le génie, que le travail, l'étude, la méditation fécondent. En dehors du cercle dans lequel elle se meut, que lui tracent ses devoirs et ses convictions, à quelles nouveautés, à quels efforts l'Académie oppose-t-elle des obstacles? Dans cette occasion comme dans toutes les autres, elle se met à la disposition de tous. Elle est prête à donner son concours à toutes les tentatives favorables à l'art, à toutes les entreprises utiles à l'industrie. M. de Laborde croit qu'il est bon d'augmenter le nombre des académiciens, il désire le rétablissement d'une Académie de peinture en dehors de l'Institut, comme il existe une Académie de médecine; nous croyons que, quel que soit le nombre des académiciens, il y aura toujours un 41ème fauteuil. M. de Laborde voudrait un plus grand nombre de récompenses pour les élèves des écoles; l'Académie sera toujours empressée de seconder les intentions bienveillantes du gouvernement, quoiqu'elle pense que les récompenses, les fondations dont elle dispose, que les encouragements de tout genre accordés par l'État, suffisent aujourd'hui à l'émulation des artistes. L'Académie espère, elle a lieu d'espérer, grâce à des épreuves déjà brillamment subies, que parmi les jeunes lauréats qu'elle a eu le bonheur d'encourager et de récompenser, plusieurs marqueront leur place, et soutiendront l'éclat dont à plusieurs époques les arts ont brillé dans notre pays. Il faut le reconnaître, en ce moment, dans le monde entier, les arts et l'industrie qui se rattache aux arts semblent chercher leur route; l'esprit de l'art se consume en tentatives trop souvent impuissantes, on dirait qu'il flotte sur l'abîme, demandant en vain au ciel l'étoile qui doit le guider. Trouvera-t-on des rivages nouveaux, ou marche-t-on vers le chaos? l'avenir nous l'apprendra. Nous souhaitons que des terres inconnues et hospitalières, que des cieux plus éclatants soient révélés, mais nous souhaitons aussi que, sur cette vieille terre toujours si féconde, sous ce vieux soleil encore si brillant, des hommes jeunes et pleins d'énergie, confiants dans l'avenir, confiants dans leur génie, cultivent les champs aimés de Dieu qui ont nourri le monde, et qui donneront encore longtemps de saines et verdoyantes moissons.

En terminant ce rapport, l'Académie déclare que l'ouvrage de M. de Laborde est un travail qui contient d'utiles observations, des recherches pleines d'intérêt, travail dans lequel l'idée jaillit avec abondance, trop d'abondance peut-être, et dont doivent lui savoir gré les industriels aussi bien que les artistes, pour le soin, les bonnes intentions qui ont présidé à la discussion et à l'examen de leurs divers intérêts.

www.ingramcontent.com/pod-product-compliance
Ingram Content Group UK Ltd.
Pitfield, Milton Keynes, MK11 3LW, UK
UKHW032027260826
14628UKWH00006B/2774